阳光文库

第五种语言

马生智 —— 著

黄河出版传媒集团
阳光出版社

图书在版编目（CIP）数据

第五种语言 / 马生智著. -- 银川 : 阳光出版社,
2019.11
（阳光文库）
ISBN 978-7-5525-5129-7

Ⅰ.①第… Ⅱ.①马… Ⅲ.①诗集－中国－当代
Ⅳ.①I227

中国版本图书馆CIP数据核字(2019)第251052号

第五种语言 马生智 著

责任编辑 谢 瑞
封面设计 晨 皓
责任印制 岳建宁

黄河出版传媒集团
阳 光 出 版 社 出版发行

出 版 人 薛文斌
地　　址 宁夏银川市北京东路139号出版大厦（750001）
网　　址 http://www.ygchbs.com
网上书店 http://shop129132959.taobao.com
电子信箱 yangguangchubanshe@163.com
邮购电话 0951-5014139
经　　销 全国新华书店
印刷装订 宁夏凤鸣彩印广告有限公司
印刷委托书号 （宁）0015585

开　　本 720mm×980mm 1/16
印　　张 11.75
字　　数 100千字
版　　次 2019年11月第1版
印　　次 2019年11月第1次印刷
书　　号 ISBN 978-7-5525-5129-7
定　　价 36.00元

目录/CONTENTS

卷一·一个人的旅程

卷二·我在红寺堡挺好的

卷四·第五种语言

深夜碎语（代后记）/ 174

（带★篇目为朗读篇目）

卷一

一个人的旅程

老地方

老地方是什么地方？

你知道
我也知道
或者我们都不知道

嗯，这是个秘密！

老农场

一矿北农场保留着领袖的塑像
"为人民服务"上有新描的红油漆

生锈的水车在黄河里
沉默如罗丹刀下的雕塑

姐姐说我给孩子买的雪糕一个三块五毛钱
正好是他刚来时一天的工资

我说：回来吧，老家现在好了
姐姐说：吃饱了在哪都好

在农场的承包地里我们从黄昏坐到天明
听年近六旬的姐姐讲他们饥饿的青春

老巷子

五月的雨洗新灰水泥墙上的伤口
洗出不知何年的不干胶纸片
年轻的姐姐们毫无规矩
密密麻麻地挤在巷道两边

此时，害羞的她们走下
墙面，像走出一扇扇蓝砖红木门
或坐或站，在雨后
还在滴水的五月
下午的砖墙阴凉里
嗑几粒奶油瓜子
声音清脆如新磨的镰刀
亲吻着六月的麦秆

一个人的旅程

驱车。在黑夜的深处
依循微弱车灯界定的道路
一个人在记忆的旅途上找寻
唯有借助夜的遮掩才能找到的风景

感谢相向而来的车灯
他们温暖了我的孤独之旅
那些与我擦肩而过的路人
我也感恩你们的短暂陪伴

去旅行

我举意去旅行，领上我的黑狗

在毛乌素沙漠的腹地，我决定

脱去那些裹在身上的东西

首饰、衣服、变色的眼镜

我让自己还原至最初的状态

我和黑狗一起，我们自由地狂奔

和着温柔的风踏着泛着金光的沙子

向着洒着金光的太阳

跑不动时我们踽踽而行

追赶着即将落山的太阳

一条黑色的狗

一个失去了眼睛的野人

端午抒怀

这孪生的沙漠——腾格里，毛乌素
可是你绝望而赴的江河？

以朔风为桨。以罗山为船
我在这沙的暗流里乘风掌舵
依循你数千年不褪色的踪迹
寻找一副钢铁般坚硬的骨头

千帆扬起，万桨搅混了河流
我以穿林之风为划船的号子
以万桨搅翻的沙石为我长流不息的泪水
于千帆之隙孤独划进，只为找寻你的骨头

十字路口

一座陌生的城市

人与车的暗流裹挟了我

在红灯亮起的十字路口

我看了一眼路标

右转是图书馆——

那里珍藏着我金黄的梦想

左转是农场方向——

那是栖息诗人灵魂的地方

我驾着梦想，想去农场或者图书馆

却被裹挟在直行道上

绿灯亮起的时刻

人与车的暗流推着我驶向前方

江边独坐

一江没有心情的水
在我面前缓缓流过

在不远的对岸，高傲的居民楼里
一根根点燃的火柴闪着幽怨的光

火车从桥上经过时
有人在我耳畔夸张地说了句什么

傍晚走过黄河边

此时，黄河就在我面前
一轮夕阳在河的另一边
轻掬一捧河水，饮下

让它渗进我的每一根毛细血管
再随心拾一枚黄河石装在胸前
我不贪。我只想
把母亲的信息带在身边

饮茶即景

风在门外舞蹈
煤在炉膛里燃烧
在火炉与寒风之间

沏一杯浓茶
与日月，同饮
四季百味

静夜诗

关掉所有的灯吧
黑暗中容易看见自己

秋夜的风吹散
别人口中的那些我

有几片落叶
拂面而下

我听到了树的哭声
和自己的心跳

定陵札记

踏着宝城墙
走了一圈
又走了一圈

相对于故宫
甚至潮湿的地宫
这里异常安静

这里的青砖保存完好，这里的
每一块砖都有自己的身份证
而制砖者生死却难以考证

有一些叫不出名字的草
在密密麻麻的砖缝里
弱弱地生长着

这里已找不到一块白骨
只有几块刻着墓志铭的石头

从一座山到另一座山

我喜欢表述成从一座山到另一座山
不是从一个城市到另一个城市

一种心里纠结，从2006到2016
从须弥山到罗山

一些事物从黑走到白
比如母亲的头发
两所房子的颜色
一场失败的爱情与一段平凡的婚姻
一些事物却从白走到黑
比如路灯下越走越长的身影
半本封存的日记
逐渐增加的年龄和越来越小的声音

从一座山到另一座山
中间其实还是山

以及有时明亮有时黑暗

大多数都是灰蒙蒙的日子

独饮黄河上

玉山上纯洁的花朵
沸腾。母亲的大动脉里
满天星星细声诉说

掬一捧故事在透明的杯中
群星闪烁如龙马出河
金戈铁马滚滚而过

今夜朔风不急
我脚踏黄河，手把星辰
将西湖四月的青春
浸入母亲北方的血液

今夜我痛饮五千年历史的豪迈
也品味着断桥残雪的苦涩

事　件

星星已全部就位
试图在大海里捞针的人
还在等待

对于网络上的消息他始终抱有戒心
担心它们会如邮政平信
常态丢失并无据可查

一个人的黄昏

一个人走进六月

一个人走在六月的清云湖畔

一个人走在清云湖畔的林荫小路上

一个人在林荫小路上细数自己的脚步

一万只青蛙争相歌唱

十万芦苇在此起彼伏的蛙声里生长

十万万苜蓿为一个人畅开心房

窗　前

百虫合奏一首失眠的乐曲
半个月亮于云朵间行走

黄河的脚步声淹没于依然嘈杂的
钢铁、橡胶与大地的摩擦声中

今夜，群星暗淡
窗外树叶的海洋里闪耀着光亮
像被人捕获
又放生于河中的星辰

短途客车

不足百公里的旅程中不断
有人上车，有人下车
淌过沙漠的黄河
如久置书桌上的史册

有人用夸张的声音接打着
柴米盐油的电话
有人沉睡于座椅靠背
身体摇晃，鼾声如雷

我在靠窗的位置，一路注视
一朵流浪于六月的云
我知道云很快就会飘散
客车很快就会到站

茶馆里的好酒者

夕阳被她一杯一杯地饮下
夕阳落在了她的脸上

她再次给高脚杯
添上夕阳的颜色

她喝下一半的夕阳
将另一半夕阳装进茶馆

她将最后的夕阳
一口饮下

她对着空气说：
茶未必苦于酒

公园一角

许多话，想给父亲说说：
这二十一年，我已学会照顾自己
多大的城市，我也不再迷路
再吵的环境，我都能安静

我也像您当年一样
健忘，许多人我已没有印象
许多事，我也无法再现
甚至是白天的不愉快
我都会在太阳落山时忘记

现在，我就在嘈杂的公园里
将自己安放在树林之中的石头上

听 风

用半生中一半的时间
听风。在万家灯火熄灭的
夜晚。在一个人的窗前

听春风打磨野草身上的锈迹
夏风解开黄玫瑰的外衣，秋风
吻熟一地玉米，冬风捎来
天堂的祝福

有时候，窗外无声
月亮挂在遥远的天际
风自心内刮起，拍打着
深夜里的星星

某个秋日的下午

年迈的马生智坐在"野人茶社"
一扇向西的玻璃窗前
下午五点，一撮茶叶将全部苦涩交给水
阳光穿过秋天的楼群，有一缕
落在木纹桌上

对于桌上的半碟花生米他已无能为力
——那是两个月前他特意准备给一位造访的朋友
（他一直试图记起那个人是谁）
整个下午他们每人只吃了一粒
给茶杯里添过几次水

他们没有谈及死亡
说得最多的是年轻时候的事情

习　惯

母亲还是坚持早起
每天日出之前去楼下看看
仿佛院子里还有她的耕牛
地里还埋着她的土豆

我还是喜欢在深夜里醒着
哪怕是在某个群里随便翻翻
看他们为张局长或者李主任
顺口的一句玩笑献花点赞

我已经习惯沉默
许多年了

酸枣梁

过路的神仙不小心遗下几个酸枣核。

被摄影者定格的奇迹
是一片焦黄之上的一片绿色。
几被流沙掩埋的河床佐证：
这里曾为鱼的故乡

有几株歪歪扭扭的枯木
静静地伏于沙丘之上
像英雄的木乃伊
无声地讲述着
自己的信仰

我坚信沙漠之下藏着无数
鱼儿的骨头。骨头里渗出
鱼儿的眼泪，我也坚信
酸枣树是鱼儿的
另一种形象

我所热爱的

我所热爱的
羔羊在高原的黄昏
叼着青草撒着欢儿
或者跪在母亲的乳房之下

我所热爱的除了
活着的一部分还有一部分
已经化作尘土
他们滋养着一些高贵的
（比如雪莲）
而非妩媚的（比如罂粟）——
他们汲取了化作尘土的
另一部分的魂魄

早 起

在太阳完全升起之前
畏惧寒冷的人躲在
一炉炭火烧开的
冬天的伤口里

此时，一个人
拥有一整片森林的热情

证　明

以人生七十计，我用四分之一的时间
证明：你的离去是多么英明
我不会杀生，哪怕是一只鸡
不会撒谎，即使利己不损人
诸多缺点让我与这个世界有着适当的距离
比如真与假之间的距离
低与高之间的差
贫与富
渺小与伟大

而我依然迷恋着这个世界
像年轻时对你的痴迷

钓　者

随风走走，在初夏的紫光湖
湖畔的芦苇有今年的新绿
也有去年的枯黄
傍晚的风轻摇着垂柳的枝条
和几只水鸟的翅膀

垂钓者静坐湖边
有人把心事沉入水底
有人捞起空空的勾子

他们在极小的紫光湖
注视着辽阔的水面

偷一点时间给中年

偶有宾客来访
斜坐竹椅中
这里看不到夕阳。我们
把目光投向收纳了阳光的罗山
已经说出的话显得空旷
我们把更多的时间用于注视远方
一壶沸腾的龙井兀自变凉
一如茶树旁十月的西湖

更多时间，茶桌另一边空着
煮一杯观音盛放半轮月亮
想一想逝去的亲人
和一些渐渐疏远的朋友
人生其实没什么值得牵肠挂肚
对着星星数一数已经流逝的岁月
将几口散发着芳香的苦涩慢慢咽下
再将一些渐渐失色乏味的日子悄悄倒掉

路上的事物

2017年8月的第一天

云朵在大地之上

准备着一个季节的心事

躲过了冰雹的麦子已在六月归仓

七月晒黄的土地静伏于群山之旁

我还能清晰的辨认那几个活着的兄弟——

玉米，洋芋，糜子，谷子，荞麦，高粱……

一片树叶在车窗外

与我擦肩而过

一片落叶显得异常孤独

在这本不属于它的季节

五　月

天气真好，五月的风里

有杨花和柳絮，五月的风捅破

绿化带里种花女人额头的汗珠

路边的迎春花已谢

桃花开过的枝条上有

等待成熟的果实

和一些伤疤

有几朵闲云在头顶

偶尔让热情的心凉一下

有人去南方旅游

有人来北方度假

也该有人在世界某地

一张没有油漆的木桌上

写着沉静的诗行

从陶然亭到陶然亭

2010年8月我写下这样的句子

一个人与一座城市如此陌生

整个城市只有几位仙逝数年的幽魂促膝而谈

一个人只是一个观众

默默地看他们乘风豪饮一湖秋水

2017年6月我再次来到了这里

在一个无风的下午

躲过一些熟悉的眼睛

独自坐在陶然亭

只想听听他们在夏天都说些什么

问　路

我常常向别人问路
在陌生的地方，或者是
一座让我迷失方向的城市
有时是为了找寻
有时却是为了回家
同样的地点，不同的人
会告诉我不一样的路线

也常常有人向我问路
在我出生的村子
或者我谋生的小城
有的是去找人
有的却是为了找门
同样的地点，我也会
告诉他们不一样的答案

有时啊，我却不得不仰头问天

在一个人的荒原

或者是黑暗的夜晚

有时是分辨前行的方向

有时只是确定一下自己的位置

送埋体

奔腾一生的血液此时凝固
忙碌百年的肉体冰冷如土
还有一副不曾低头
却最终倒下的骨头

你无数次踏进的家门正目送你的离去
你熟悉的路上人头攒动如洁白的花朵
你热爱的大地在黑暗的角落等待着你
你或近或远或喜或恶的世人护送着你

唉。轻些，再轻些。慢点，再慢点啊
我颠倒思绪也无法挽留你离去的身影
我张开嘴试图说出你今世的是非功过
一坯沉静厚重的黄土却让我无法言说

世间一日

一只迷路的蚂蚁终于爬到罗山顶上
头戴花环，死于
四月，一朵野花的心中

误入城市的家犬，仰头
望着人间
逐夜增加的灯光
像守候着曾经的星空

有人在深夜里
向佛祷告
却无法听到
佛的承诺

卷二

／

我在红寺堡挺好的

一个清闲的中午

这是一个没有风的中午
云彩在山的另一边偷懒
我也闲着，在清云湖畔
与一群被移植的杂树相伴
树们忽视着我的存在
这与我无关，我习惯一个人
背对着太阳看光与阴影争战
我知道这场战争的结果
如同知道我必将死亡的明天
以及我还能清晰记忆的昨天
这一切都与这个中午无关
这个中午我用难得的清闲
将自己放在光与阴影中间

三　月

门前的柳叶未吐先绿

满山桃花含苞待放

一只受孕的母羊窥视着几欲破土的草芽

谁在好汉疙瘩上极目远望

松涛叠翠经幡飘扬

八百里瀚海上八万只风筝竞相远航

在这放飞梦想的季节

一只断线的风筝

将是谁一生的忧伤

立 秋

秋赶一群灰色的云彩

自古老的天际

翩翩而来

她捋了捋头发

打湿罗山下的一地玉米

她抖一抖衣袖

飘出几缕葡萄的香味

几声蝉鸣乘一轮落日

穿进801的窗户

藏在记忆里的那截城墙

该是野菊烂漫

夕阳静美

不知那些曾被父亲驯养的蜜蜂

是否做好了入冬的准备

清云湖

一只提前破卵的蝴蝶
微微扇动泛绿的翅膀
一只翅膀扇绿半片树林，另一只
扇醒正做黄粱美梦的芦苇荡

放风筝的孩子仰望着
一只纸扎的彩色蝴蝶
忘记了自己
牵在手里的线

健身跑道蛇一样蜿蜒
在蓝色蝴蝶的周围
有时会遇到散步的熟人
他们推着身陷轮椅的老人
叮嘱着前后奔跑的孩子

连椅上接吻的青年的唇语

被藏于清云湖的青蛙听见

欢快的蛙鸣叫醒

周围的花蕾

鱼游向湖水深处

野果跌落于杂草之中

清云湖失去十之五六的颜色

偶尔会有几只蚂蚱

自瑟缩的芦苇丛中蹦出

结伴而行的云彩在不远的天际

等待着清洗历史的风尘

风不小心

揭去她的绿裙子

她瑟瑟的胴体期待着

另一场风的莅临

今夜，月光温暖

今夜，月光温暖
一想到照亮我书桌的
月光，也照亮着你的小窗
东岳山下的水就一路小跑
顺着清水河
在洪沟滩唱起了花儿

今夜，月光温暖
一想到洒在红寺堡的月光
也会洒在欧洲和非洲的土地上
巴颜喀拉山上的雪就化成了水
沿着古老的河床
奔向沿岸的黄土黑土地

雪　夜

雪花自黑色之外缓缓而来
满载神的祝福
雪光自下而上
照亮大地每一个角落

今夜的城市没有阴影
今夜大地安详如熟睡的婴儿
遥远的枪炮声被雪幔遮挡
阳光下的阴影被雪光照亮

今夜，没有人敢伸手
怕染污这纯洁的大地
没有人敢大声说话
怕听不清神灵的祝福

抒情冬月

冬月的朔风扫净
那些游荡于高处的闲云
冬月的朔风将大海连根
拔起。冰冻。倒挂
在苍莽的大地之上
如高悬的明镜

在静默的冰块之下
汹涌着我对这虚幻世界的
留恋与感恩

在冰封的沙土之中
酝酿着二十万
移民的梦

早 春

在万花盛开之前，种子
尚未做好发芽的准备
一场沙尘暴赶着
另一场。十万沙子
借着风的力量，打磨
那些枯黄于往年的野草
在绿光被磨亮之前，迎春花
孤傲地立于
一片焦黄之上

亘古的磨刀声穿过
秦岭，腾格里；穿过
黄河，六盘山；穿过
奔驰的车流，焦躁的小镇
穿过温热的下午，神秘的夜空

磨刀之声远比一点一点

磨去那些枯黄

更加令万物亢奋

我在红寺堡挺好的

我在红寺堡挺好的
忙时如搬家的蚂蚁
与二十多万移民一起
修六十四条通道
筑经纬数条

在前进街给自己留一个小窝
闲时看神在天地间挥毫
一半花青一半藤黄
罗山便浮上云端
吹一口仙气
那些"风车"就落在了长山头上

孤独时就一个人
在月光下找寻
自色彩深处散发出的
缕缕油烟墨香

与两只鸽子说早安

先于我醒来的是夏天的风
和两只窃窃私语的鸽子
紫色的窗帘卷起时它们在防护栏上
向我点头。它们会提高嗓音道一串吉祥
我对着它们微笑，点头
说：早安！

闲时沏一杯茶坐在窗前
看它们相互梳理羽毛，看远处
它们飞过的，用翅膀擦过的
洁净的天

小城生活

不能确定每天都看到日出
有时因为一些闲云，或者是
看不清方向的沙尘，也可能是
一个没有被电话吵醒的早晨

小城里认识我的人不多
我有很多时间听风
依清云湖的水声听风力大小
依人民广场上歌声大小辨别风向

风中的那些喜怒哀乐
最终随风而去
我只能证明它们曾经来过
并经过我的躯体

春日二题

一

春乘着西风的轿子
扬起一路沙尘
在红寺堡——
一张滩羊皮的腹部
歇脚打尖

古老的黄河展开了
他紧皱了一个季节的眉头
为了确保一粒种子发芽
数十万棵骆驼刺血脉贲张

二

所有的风都挤进红寺堡
在二月的房间里集合

裹着尚未褪尽的寒气

怀揣一腔温暖

东风西风北风南风偏北风偏南风

兄弟姊妹们吵吵闹闹

在二月的红寺堡

商量着一年的农事

红寺堡写意

向海借一抹蓝

在黄河之南涂一圈干净的天

于河中蘸一笔金黄

在罗山以北勾一方厚重的地

远处有几匹模糊的军马

和一群骆驼的轮廓

它们的眼中该流淌喜悦还是忧伤？

近处是七彩的建筑森林

和人与车与阳光滚动的街道

在不远不近的土地上

升起十万缕

梦一样自由飘荡的炊烟

顺便画一所乡村小学

我多想站在国旗下给孩子们讲讲

一代移民的过去和梦想……

风过红寺堡

好久没有下雨
期盼中的雪也没有
哪怕一片
代表平安的短信一样的雪花

在不辨秋冬的季节
只有风，每天路过红寺堡
顺手摘走几枚钻天杨
坚守枝头的叶子

过省道有感

横穿一张老羊皮的腹部
几场夏雨洗出省道两旁野草的魂魄
我不能叫出每一棵草的名字
像我无法准确识别每一个移民

头顶三尺有越来越近的云
神灵的眼眶里蓄满莫名的泪水
田里的玉米是一个个无字之碑
浅土底下埋着一根根荒漠的白骨

我必须在一场暴雨之前赶到固原
转告那些熟悉的庄稼
神灵告诉我未曾写出的碑文
已映于天空

中秋夜有感

我愿驾一叶小舟

独自游荡在银河

在奔向月亮的路上

我回头，看见人间

如果我们的世界如此宁静

一如今夜的红寺堡

街上祥和的灯光

我又何必

去膜拜那冰冷的月亮

燕然路所见

一场凉过一场的秋风
越过古老的河，以及
河水滋养的宁夏川
我在红寺堡又一次看见
燕然路旁的树叶被秋风吻黄

十万葡萄自这里起程
十万酒瓶满盛新时代的日月
在世界各地讲述着红寺堡的葡萄
以及一代把根扎进沙漠的人

安静的沙漠

你在怀疑？这是什么逻辑

你甚至怀疑这是不是一个病句

你知道十年树木的道理，却不知道

在沙漠里一棵树和一个孩子哪个更容易养育

越刮越小的风在红寺堡

轻吻着罗山脚下的一池绿色

也舒展着几十万移民紧皱的眉头

越下越大的雨在红寺堡

与九万树木合奏挽乐

恭送十亿沙子平安入土

如果你来过红寺堡

在十多年前某个风沙飞扬的上午

在2017年某个彩虹高悬的下午

你一定惊叹，浩瀚的沙漠多么渺小

团结村

一个人在可以忽略的玻璃窗前

截取一段时光，取名下午

再剪一截河床，称作洪沟

放任秋日的阳光

在洁白的墙面上静静流淌

窗外的团结村热闹如蜂窝

相距不过数百米的弘佛寺与清真寺

在一片云集的红瓦房中

如蜂片上的王室

安详。尊贵

曾经的佛、道、侠、匪

随河水东流远逝

千年红寺彩旗飘扬

一地荞花正在罗山下盛开

一窝蜜蜂在团结村来去匆匆

素描：宁夏移民博物馆

连枷，木锨，套簧，拥脖
温柔的灯光是父亲的手掌
静静地向它们传递着历史的体温

风箱，油灯，石磨，簸箕
几束怀孕的糜子在不远的山坡上
投来母亲古老的目光

牛棚，羊圈，狗窝，鸡舍
中间一座土墙蓝瓦房。贴墙而上的
烟囱里飘出几缕岁月的沧桑

麦子，糜子，胡麻，洋芋
西海固并不遥远
庄稼们还长在土黄的山上

最后画一扇或开或关
或虚掩的玻璃门
上书移民博物馆

栖居罗山下

每天。在太阳升起之前
擦净一扇窗户。沏一杯茶
等待这辛苦的王睡醒
与之对饮。他送我一室温暖
我敬他一腹苦涩

然后各自忙碌。在既定的轨道上
他一路奔走。留下光明给万物生长
我一日劳作。绝不仅仅为柴米油盐
属于我们的日子本就不多
我们一天天大同小异地过着
一天天与这孤独的王相惜相伴

这疲惫的王！谁一声长叹
他就隐于西山。多像我
躲在无数个夜晚，偷偷翻看

那些承载了黄金屋、颜如玉的经典

与金榜是否提名无关

亦与皇帝的女儿无关

骆驼刺

此刻，我在罗山脚下
仰望这沙海的巨船——
安乐山。田螺山。大罗山
于一连串历史的定义里
我仰望你静默如初的深沉
仰望你沙涛不惊飓风不动的伟岸
那些依你而生的云杉松涛
也在我仰望你的视线里

我把自己降低。再降低
把自己扎进沙漠的深处
把青春献给英雄的骆驼
把血液献给多病的人类
我把命运交付给大漠
我只保留数万年不变的心
在罗山脚下仰望

雨　后

在云与山之间
剪一道傍晚的阳光
披在雨后炊烟升起的大地上

对面的居民楼有一扇打开的窗户
年轻的女主人双手捧出
一株盛开的玫瑰

没有一丝风，山形线条清晰
我不敢大声赞美——
怕惊落她手上的露珠

一棵树在一片树林里

猜拳声，K 歌声，广场舞声
沸腾着夏天的红寺堡

与午后的阳光相约
一片同样热闹的树林
蛙声。蝉鸣。鸟语
路经头顶的祥云
我越走越长的身影

一棵树背对阳光
静静地伫立
在我驻足的树林深处

整个下午，我们默默无语
我知道一片热闹的树林里
一棵树的孤独

下雪的夜晚

下雪的夜晚拥有整个冬天的温暖
雪花一朵朵盛开
在无边的空寂之中

一年中唯有下雪的夜晚
沉静。没有风
即使有也不会夹带一粒尘埃
一生中
唯有下雪的夜晚最值得怀念
一个人在天地之间
接受雪花的爱抚

一个冬日的早晨

一群麻雀以快于汽车的速度
抢食撒在路上的米粒

三只喜鹊在车祸现场
窥视一条狗尚有余温的尸体

两只燕子在寒冷来临之前奔走他乡
屋檐下还保留着它们的婚房

这一切都与我无关
我们之间隔着一层玻璃

日出记

日出东南
自罗山的根部艰难上升

为了将阳光送至
一株盆栽的文竹
你攀上罗山的顶部
趟过冰封的土地
你穿越混凝土的森林
挤进801的阳台

一株盆栽的文竹不知道
日日照耀自己的太阳
如何将一缕阳光
渗进自己的体内

写一片芦苇

还是那片芦苇
在秋日的清云湖
绿绿地长着
引来几朵闲云

儿子问我什么是白露
我说白露过后草木枯黄
大雁南飞
白露也是父亲收蜂蜜的日子
······

一片芦苇还是不是
那片芦苇
一朵闲云
只是我的想象

春　风

我所厌恶的风
一场接着一场
携带着沙尘与恶臭

那些立于风中的
光秃秃的杨树杆却一天
青胜一天，那些随风摆动的
枝条仿佛摇篮
晃着晃着就晃出了许多芽苞

黄昏即景

黄昏的云上住着神仙
也有模糊的黄牛
用笛声驱动彩云的牧童

阳台上坐着年近八旬的母亲
穿过云缝的光线
在她皱褶的脸上匀速上升

紫光湖

风累了，提着沉重的双腿
在紫光湖缓缓修复着自己的足迹

不知名的草挤出五月的砖缝
偷听湖畔树林里的情话

年轻的钓鱼人坐在石头上
凝视着自己的浮标

卷

三

西海固的树

遗　产

父亲决定走了
去一个活着的人没有去过的地方
他留给我遗产——
一块黄土地、两头牛
"土能养人，牛能耕地
好好干，一辈子不愁吃穿"

我继承了遗产
牛死了，地干裂了
只有父亲的话
活着，很健康

八行：悲怆往事

确如春蚕吐丝

一缕一缕

自心头抽去

终生所行竟一个空字了却

或者如流沙

一粒一粒

注入心田

多情之泪怎能滋润生命之干涸

四口子：一个破碎的梦

呀！四口子
谁把怀胎十月的帝王梦
托付给两块石头
把一腔失意嫁祸于一个柔弱的女子

于古老的传说里听见
一声惊叫：山在动
薄命的母亲
用舌头杀死腹中的胎儿

凭空而来的神鞭挣断
执鞭赶山的敬德被写进无力的野史
只留下两截
期待结合的石头

默默相望着
一如牛郎织女

未曾了却的心愿
被一方百姓传说的美丽而又凄婉

大圪塔

以一朵云为记忆的翅膀

我满怀悲伤地提到你

大圪塔在某个理想疯长的夜晚

我绝望地决定背叛你

像一株麦苗背叛干旱的土地

或者是一片落叶

背叛了生他的母体

我把那些脆弱的庄稼

带到湿润的地方

把那些挺拔的白杨

作为我城市里挡雨的伞脊

只留给你野草

以及野草一样生命顽强的信仰

让他们和我的亲人一道

在你贫瘠的躯体上，成长为

我永远怀念、歌颂的对象

燕 子

冬日里
我以思念为御寒的棉被
将一张住在城市里的单人床
焐热成农家的土炕

一缕阳光
穿着春天的衣裳
我在窗玻璃上看到梦的形状
像一只燕子的飞翔

但燕巢已空
燕子带着绿色和花朵
在一个甜蜜蜜的日子里
飞向了南方

燕子啊，在这漫漫冬日里
你是否也和我一样
想起了我们共同的故乡

喂羊的儿子

六岁的儿子分不清
什么是庄稼，什么是野草

他从远处牵来
两棵青青的玉米苗
紧紧攥在
粘满绿色的小手中

儿子悄悄走进羊圈
用他弱小的身体堵住一群大羊伸长的嘴
把两棵晒蔫的玉米苗
送到一只小羊羔的嘴边

母 亲

终有一天
你跳进家门的孙子发现
没有人为他摘下背上的书包
你端着茶杯的儿子听不到
看书有啥用的唠叨
你脾气倔强的儿媳不知道
该和谁因为晚饭吃什么而拌嘴

那时，栽在花盆里的辣椒
必然枯萎
洒在阳台上的阳光
将是一种浪费，那时
一百平方米的房子
也会让一家人觉得空旷

雪　花

雪花自高处落下
轻盈如约会少女的脚步
坚决如守护家园的战士的目光
一朵雪花暗藏着我年少时的冲动
和我至今不变的信仰

一朵雪花渴望融入尘世
一朵雪花试图掩盖什么
一朵雪花啊
有时等不到落下便已融化

清明：一场将下未下的雨

人间又是四月

介山上该是杨柳新绿

一场雨在三尺之上的天空

久久盘旋

有些东西被握在我们手中

不知该当作种子还是该

敬献给祖先

"大"

喊一声大，我的崖娃娃兄弟

把我的哭声传遍整个西山

川里的麦子被齐腰折断

跪在麦地里的身影和躺在沟底的躯体

区别只是一口气

下过冰雹的阿斯玛万里晴空

埋过种子的黄土里

种着父辈的骨头

家　燕

待天气变暖，燕子北归
我多希望那些老房子还在
让老燕子还能找到爱情的证据
小燕子能找到童年的记忆

这些敢如鹰搏击长空
却眷恋着人间
寄居屋檐之下的精灵

愿它们能寻一良善人家
恋爱，繁衍
自由地飞翔，歌唱

交　谈

我们始终没有说话

铁铸的炉膛关着不知何年的绿色
燃烧的火焰

此时，如果有人谈及明天
我们肯定因他的幼稚笑出旋律
如果谁提起过去
眼泪必然会冲破栅栏

而我们
始终没有说话

土　地

女人的腹部一样松软褶皱
那是多少次分娩烙下的印记
在村庄的周围静静地躺着

焦黄之上盛开着映天的胡麻花
敢与牡丹争宠的洋芋花
一株株谷子面朝黄土
深深地弯下腰

村　庄

那时我们天真

把村庄吹到半空

让整个村庄在阳光下炫丽

让父亲和他的耕牛在空中行走

让羊群和它们的女主人倒挂在彩色的地上

那时候我们胆大

把一个个村庄放在肥皂泡上

把自己放大

把村庄设置为背景

并任其在风中扭曲破碎

苜蓿

那些边边角角的薄地
被撒上了苜蓿的种子
这些不被称作庄稼的庄稼
不必年年耕种天天操心

它们上得了餐桌
也喂得肥牲口
经得起鼠患更耐得住干旱
美丽的蝴蝶记着它们
还有勤劳的蜜蜂

深夜的月光属于它们
露珠属于它们
第一滴雨属于它们
第一场雪也属于它们
这些常常被人忽略的孩子

墓　地

在村庄的旁边蹲伏着

另一个村庄

马兰花在那里自由地盛开

树叶向着那里默默地飘落

那里的人尽量克制着

对亲人的思念

他们知道

如果谁忍不住哭上一声

就会有孝顺的子孙赶过去团圆

地　埂

记忆中的土地上齐整地排列着
一个个没有铭文的墓碑
亲人的气息足够
形成一条绵延的山脉

地上三尺有监视我们的神明
地下一丈生长着祖先的骨头

地埂上生长自由的精灵
如果有一天被抹平
那必然是人间又多了一个悲剧

某 年

干旱加快了黑狗的衰老速度
它整日趴在倾斜的食盆旁
享受残余的阳光

它不再对深夜里的异动发声
甚至无力抬头
看一眼伫立在它面前的我

母亲看着漆黑的缸底
说：把狗绳改了吧——
拴了十几年了

须弥山印象

一座山被迫分为了两半
右半边山上是石头雕刻的佛
左半边山下有开花的土豆
阴山处有一棵菩提树
孤独地立于松林丛中
所有人从一个伤口中走过

有时候正好相反
左边是被雕成佛像的石头
右边是没人理会的荒山

无 题

有一天，我们老了
定会想起母亲
拄着拐棍追赶孙子的背影
想起女儿
贴在你乳房上的笑容

我们会站在落雪的街头
谈及两位拾破烂的老人
瞎眼的男人紧握架子车的两个木辕
肩上勒着拉紧的皮绳
跛足的女人一手抓着他驾辕的手
另一只手不时伸向路上的空水瓶

停电的夜晚

我们没有点灯——
家里找不到煤油、棉线和墨水瓶

夜晚找到了月亮和星辰
乡村还给了虫鸣与蛙声

母亲睡在老家亲戚的坑上
梦里喊着一条狗的乳名

三　姐

想起三姐时，三姐

在我西海固的四十亩旱地里

一手执鞭一手扶犁

她赶牛的鞭子无意间

将一轮红日赶上了东山

她光亮的犁铧上翻滚着

金色的浪花

她翻过来又翻过去的土地

深埋着她一生的梦想

她说嫁出去的女儿

不是泼出去的水

她说父亲不在了

我就是家里的顶梁柱

她用三千六百多个披星戴月的日子

守护着幼小的我长大成人

两根火柴

夜带着神秘缓缓关闭
一间标号801的抽屉里
我们像两根火柴一样
并排躺着

两颗颜色、成分相同的脑袋
两个来自不同母体的躯壳
靠在一起，幻想一团火
理解一片陌生的森林

夜风吹来初冬的寒气
我们谁也不敢探出头去
怕不小心点燃自己
烫伤深夜的宁谧

那晚的月亮

那晚的月亮爬上了头条

挤满世人的朋友圈

那晚的月亮哭红了眼圈

哭红她数亿年的素面

那晚的月亮还是那轮月亮

不同的只是位置

以及我们之间的距离

那晚的月亮无比忧伤

孤独的月亮

月亮在云层之上
从一朵云挨向另一朵云
那些成群的云朵不知道
今夜的月亮有多孤独

不知道月亮有多孤独的
还有月光下的村庄
以及不同村庄里
看着月亮的你和我

仿佛看着同一个月亮的
你和我，彼此
不知道对方
有多孤独

火柴盒

——兼寄友人

你曾说天空像一个火柴盒
满天的星星相互照亮
多么温馨，多么浪漫
你说城市也像一个火柴盒
渺小的人们彼此相拥
多么温暖，多么和谐

我知道你未曾说出的语言
那时我吸着烟，你看着天
我知道天空还有一轮月亮
皎洁如玉，清澈如水

十五年后我在沙漠小城里
看着你看过的天
像一个空的火柴盒
两棵在不同城市点燃的火柴
各自燃烧着，彼此遥望着

东岳山

山上的公鸡喊醒固原城时
我在一截废弃的城墙下
梦里约会心仪的女子

我到山上时时间已过去了十多个一年
山下人点亮所有的灯
整个城市如一团燃烧的火
在酒的海上漂浮，此时

山顶的风铃击穿厚厚的铁锈
风谱写的曲子越过寺庙的高墙
此时我拥有整座山和山下的整个城市
以及海洋里的众生

夜 殇

已经习惯了在深夜里

看小城的霓虹

一道道此伏彼起

仿佛握于刽子手手中的刀

一刀刀砍进夜的躯体

少年的月亮被我悬挂在村庄之上

那时候所有的狗蹲伏在我的身旁

所有的庄稼花簇拥着我飘香

那时，我是乡村造就的

孤独的王

西海固的树

一棵树
在西海固活着
是一种完全的自由

西海固的树
有的只是孤独
只需学会在干渴的黄土里汲取水分
只需适应独自迎接炙热的阳光
只要活着就不会在乎自己长成什么模样

森林效应在这里黯淡无光
手表定律也派不上用场
这里的树一不小心就把自己
长成一件思想独立的艺术品

南窝子

现代化的工业园区里
我已无法准确找到家的位置

那些不再长庄稼的土地上
盛开着许多我叫不出名字
也不结果的花

柏油马路上还能看见三姐扶犁的背影
潮湿的阳光里还有豆角的味道
一地荞花的香气

我仰望着高楼，仿佛一个孩子
仰望着六月的杏树

半本日记

于时光缝隙里攫取

一个夏日的午后

在倾斜的竹椅里

打开半本封存的日记

半开的窗户里钻进些许微风

随意翻动着发黄的纸页

阳光一点点偏移

温柔，疲惫，安详

半颗环环苔

在不远的从前

目送过被自己放逐的种子

然后用更多的季节祈祷

像半本发黄的日记

空白的另一半

孤独的人

孤独的人将自己置于夜的深处
仿佛倒悬于黑色之中的果蝠
仿佛大圪塔的那棵
侥幸逃过砍伐
于混凝土森林中孑然仁立的
老杏树

孤独的人
他叫醒满天的星星
把它们认定为挂在树上的杏子
并给它们起上熟悉的
人的名字

夜宿大圪塔

今夜，大圪塔的月亮远嫁他方
今夜，稠密的街灯淹没了故乡的星星
今夜，我
披一身雪光
照亮大圪塔
那些记忆中的黑暗

有一个地方叫杨郎

我不关心杨老庄是否与英雄有关
不关心盖起高楼的火车头中学
是否还是原来的杨郎中学
一圈铁丝织成的网阻挡着
一只野鸭的脚步

那片蛙声还在
我曾告诉我的妻子
也曾告诉过我的孩子
还对新认识的几个朋友讲过
——有个头枕初中课本的少年
身上盖着一层厚厚的夕阳
二坝里的青蛙为他
唱过一个季节的赞歌

固　原

于我而言，固原

是寒夜里洒在防护林夹道上

斑驳、温柔的月光

是月夜里的清水河

与河边树叶的合唱

是一截古老的

被月光抚摸着的土城墙

总感觉自己越来越健忘

唯有在月光下

想起固原时

那些名词依然清晰，比如

南窝子、大圪塔、杨郎

依然清晰的还有一些代词

比如五爷、碎爸、三姐

逝去的故乡

从此，大地上少了一个村庄
那个叫马生智的人也在农村户口本上消失

我有着绵羊的善良
却再也找不到属于我的土围墙
我有着黄牛的灵性
却再也等不到深夜摸进我的箍窑
依我头顶的粮食揣摩天意的主人

苜蓿花常开的地方钻出了盐浆
繁衍过土豆的地上盛开着牡丹
一株躲过了锄草剂的苦籽蔓
不知道一肚子苦水应该倒向何方

夜幕降临前的吴庄

蓝色的天海与黄土大地结合
此时的村庄是灰色的混血儿
灰色的瓦
灰色的墙裙
中间是可以自由涂鸦的洁白

在吴庄想起一个失联多年的女子
在我之前她曾喜欢过另一个男孩
而在我之后她却住进了别人的新房

一场爱情开始之前
每个人都有纯净如蓝的童年
爱情之后是面朝黄土的日子
这中间是一些随心情而定的回忆

写意一座老院子

一圈狗尿苔见证
一条黑狗曾经的存在
坍塌的土筑羊圈墙
隐藏我浪漫的童年
黄牛舌头舔黑的土槽
回味着一个渐行渐远的时代

一树梨花在院子中央尚未开败
一棵梨树把忧伤挂在蓝色的瓦檐上
从院子东边的三孔箍窑
到院子北边的一排砖木瓦房
种下梨树的父亲走过了一生

速写：西山畔子

请允许我以我的诞生地为中心
速写一方土地

大圪塔往西是许多灾难的胎记
连绵的黄土山彼此相拥成群
父亲诞生的村庄黑狗一样蹲伏在群山之中
八大营在大圪塔以东南北排列

大圪塔是素描中的灰色调
别名西山畔子
十六岁的父亲选择在这里扎根
在西山的阴影里眺望着八大营盘踞的川里
并在这里给了我梦与记忆

老学校

还是那几个汉字
木制的条形牌换成了仿铜
厚重的隶书变为圆润的宋体

小学的一半盖了幼儿园
高处传来孩子们学公鸡叫鸣的声音
像他们这么大的我们赶着羊群
在土沟里数蓝天下的白云

小学里的老师没人认识我
教我们"中国的中
人民的人"的马老师
多年前已经退休

电动门另一边站着穿制服的保安
我们隔着一道门

像隔着汉与宋

实木与仿铜

寺口子

在那里

没有一所山洞属于我

没有一块石头

与我相识

石门水携着山上的梵音

融入清水河

孤独时我会坐在清水河畔

寻找一个女子

留在水面的倒影

有时会看到过去的自己

母 亲

失去了土地的母亲做贼一样
偷偷买来两个方形塑料花盆
小心翼翼埋下辣椒、西红柿的种子
把它们偷偷放在卧室的窗台上

她喜欢用一整个下午坐在窗前
远处有连片的云和庄稼地

没有耕牛身影的土地，多像
只有她一个人名字的农村户口簿

上 坟

在父亲坟前叮嘱儿子：
上坟时要记得给周边的坟头也点上香
……
突然意识到自己只是在重复
一个熟悉的场景

泉

无名。
像漏斗，随着一桶桶被舀出去的水
一天天把自己淌空
陷于黄土之中

一口口灌进口中的泉水
染黄两个村子
几代人的门牙

沿着土台阶向下
拐个胳膊弯就能看见童年的自己
和已经离世的人
俊俏的面容

提一桶水拾阶而上像提着
所有曾经流出去的黄土
和时间

卷四

第五种语言

冬　天

一朵蜡梅开放的声音
震裂严封的冰层
一株松树
被雪压弯了脊梁
千万棵小草
轻轻摇动酣睡的大地

短诗四首

一

累了
伸个懒腰
也很满足

二

穷人
只剩下良心
却能感到快乐

三

野兽，凶猛了二百万年
终于住进了人类建造的
动物园

四

有时人身上每一部分都死了
只有名誉活着——
它是唯一寄存在别人那里的东西

子夜听风

是谁放飞不安的魂灵
在大地的梦中
轻扣一扇窗户

一只脱轨行星的指头
稳稳地按在先知的心口
喃喃的呓语唤醒我
潜伏很久的痛楚

风，请你
用你的灵动去激活
在夜色中死亡的窗户
让沉睡于子夜的人们
和我一样惊心动魄
和我一样兴奋欢乐

掬一束月光

掬一束月光

覆盖住昨日飘落的雪花

尽情地幻想啊

这比天空更辽阔，比少女更圣洁的大地

没有北风蹂躏的痕迹

没有蟋蟀烦躁的争鸣

掬一束月光

平铺在幽香的书桌上

仿佛日夜思念着的姑娘

用柔软的双手

春雨润物一样

轻轻地从肌肤上滑过

掬一束月光

照亮我们心灵前进的方向

谁在天地间如诗如乐

高声地赞扬

这和平、宁静、洁白的夜晚

像一束掬在手里的月光

雪原上的树

大地的青春被风袭去

在一个寒冷的早晨
我看见一棵树
抖落最后几片黄叶
只剩下一副骨头
于北风中桀骜而立

我试图以落叶为树奔走的足迹
接近一个高贵的灵魂
在那闪着金光的脚印
被漫天坠下的雪花迅速掩埋的瞬间
树却沉默着

我知道沉默的意义
在这个孕育温暖与绿色的季节

月夜行吟

谁把一枚银币抛进了大海
它高高在上的美丽使得群星黯淡
它水粼粼的光芒洗去
一个人一天的疲惫
烦恼与孤独

在这个寒意四起的夜晚
谁给苦难的大地
穿上幸福的衣裳
一天的艰辛因它而灿烂
黑暗的前程因它而光亮

单人床

一只苍蝇减去高飞的翅膀
世界归于宁静

一盏灯泡减去孤独的目光
万象回到黑暗

一张单人床减去琐碎的语言
高贵的思想因此受孕

投进风中的祝福

我不知道你叫什么，所以
每封信的开头都写上：亲爱的
亦不知道你在哪儿
就把所有的祝福都投进风中

我的目的不是让你感动
只愿你能抽空去看看
被风抚慰的鸟、鱼、虫、花、草
他们会将我投进风中的祝福传达给你

野　草

抬头，在罪恶的脚步过后
沉默，在九万人的赞美声中

在成群结队的白杨脚下
野草结队成群地生长着

不攀比。不依附
不相亲。也不相斥

这些高贵的生命啊
一茬又一茬

他们悄悄地枯黄
为了再一次悄悄地变绿

这个世界总有我无法到达的地方

这个世界总有我理解不了的事物
一片树叶如何长出坚硬的木头
一棵酸枣树如何在沙漠里存活
一个人为什么会梦见另一个人

这个世界总有我无法到达的地方
一条黑狗为自己选择的死亡之地
黑夜里相互取暖的星星给我预留的座位
还有一个女人的内心

我愿成为一个乞丐
心安理得地走过她家门前
悄悄看一眼她所说的用泪水汇成的海
顺便目测一下
从口到心的距离究竟有多远

夜

这漏光的筛子
无法掩盖全部的秘密

走在深处的人看见了
无数幽怨的眼睛

元月：几片立于枝头的树叶

譬如悲伤，风
来自不同的方向

新的日历又被撕掉了几页
风还在不同的方向
抽打几片寒雪一样
倔强的树叶

补 牙

让我长期失眠的
疼痛来自一颗被腐蚀的牙齿
医生说：要钻
先钻掉那些坏了的
再补，补了不疼
但不能再啃硬的东西

人生刚过了一半
我没有想到
身上最先坏掉的竟是骨头
并且还是最坚硬的
那一部分

大地多么孤单

月亮那么远
它把太阳的光反射
在今晚的大地上

大地多么孤单
万物沉寂
风也进入了梦的故乡

一扇打开的窗前
我用两只眼睛
将月亮与地球的距离缩短

今晚的大地多么孤单
假如我不曾
站在一扇打开的窗前

石头的心里藏着水

众多的石头
堆成山，立于时间

水自石头的心脏渗出
滴成泉，流成河，汇成海

我知道石头的心里
藏着一滴水

与一株植物有关或无关

每日都在修剪，关注
一株植物。希望它
长成我想象中的模样

每一剪刀
它都流血
我都落泪

我不告诉它为什么
直到它习惯于自我疗伤
直到它宽容于我的残忍

骆驼刺说

总有人道貌岸然
仿佛罗山上成片的松涛
总有人喜欢把自己伪装成神仙
仿佛飘摇在罗山顶的经幡

我只是一棵骆驼刺
蹲伏在罗山脚下
等待一只迷途的骆驼
哪怕是千年万年

夜　语

灯光穿过舞蹈的树叶
满房星星向我述说着夜的孤单

一只黑狗在诗人的记忆里复活
一个人在另一个人的梦里诉说

今夜，我以目为笔
把爱写满每一片树叶

落　叶

第一片树叶勇士一般骤然飘下
阴云来不及遮蔽漫天的颜色
泥土尚未做好迎接的准备
风中还有荞花的香味

第一片飘落的树叶
无法承受诸多告别仪式
比如萧萧北风的十里相送
比如无数黄色面颊的互相触摸
以及一回头就能看见的母亲的白发

第一片落叶渺小
如我，在越长越高的森林里
在一汪绿的海洋中
悄然飘落

黑夜里的闪电

此时穹苍失声大地褪色
天地归于混沌
乌云的心脏蹦出刺眼的亮光

黑色云海上漂荡着罗兴亚人的小船
一束束射向岸边的目光
是我今夜看到的所有闪电

炮　口

早就知道
天津今天有雨

我还是没有准备好
在锈蚀的铁炮前被淋湿

携着盐的雨滴在大沽口
滚进一个伤疤的深处

他将顺手流动的水滴入口中

一滴水经过舌尖

滚过喉咙，流进他的胃

而后通过他的骨髓

进入心房，充满整个身体

他是个有罪的人

他曾口出狂言

嗅过罂粟的花香

他曾听过一个人对另一个人的诽谤

看着一条狗在他面前被人打死

一滴水只留下雪的因子

那是被巴颜喀拉山上的清风吹醒的雪

阳光洗净的雪

那些黑的事物

那些黑的事物应该包括
我经常提到的
黑狗，黑鸟，黑夜

也包括我以前从未提及的
黑色的头颅。眼睛
一双小了的黑鞋子

那些黑的事物还应该包括
我们都不会说出的
潜藏在心底的
秘密——它们是我们伸向暗处
自己都无法看清的
无数只黑手

门

云立天际，如门
虚掩于土黄与蔚蓝
阴暗与阳光
天堂与地狱

一些反义词中间
有时只差一股东风

挤

大地上挤满了阳光
村子挤满了房屋
街上挤满了人

教堂里挤满了忏悔
庙宇里挤满了祈祷
每个心里都挤满了秘密

沙漠上的足迹

那些伤痕已被沙漠自己抹平
已经没有什么能够证明
你曾来过
唯有沙漠自己
知道你的每一步
都曾让他疼痛

黑　狗

生于缺狗的年代
这并不是它被我记忆的主因
这是它的宿命

黑狗钻在父亲的衣兜里
探出四只黑白分明的眼睛
随父亲翻山越水
它用两只黑的眼睛记住
叶家河，吴家庄，大圪塔
记住了那些拼命生长的庄稼
那些挤出枝条的嫩绿的树叶
欢快流淌的石门水

在那个缺狗的年代
少年的四眼黑狗在家里
比我这个老儿子的礼遇更高
在分享我美食的同时
父亲还教导它在哪拉屎去哪撒尿

黑狗不知道冰雹会漫天砸下

不知道砸向庄稼的冰雹

会间接要了父亲的命

我是被黑狗可怜的孤儿

在那段干旱的岁月

我的血液比世人的眼睛更加冰凉

在我血液一样冰凉的夜里

黑狗用它狂热的叫声

用它清澈的眼睛呵护着我脆弱的心

正如黑狗无法看到我的未来

我无法猜透它死在了哪里

选择了怎样的死亡方式

在它的眼睛无法看见深夜外出的我

它的耳朵无法听到我夜归的呼唤

又一次想起黑狗

这个早晨，风又在窗外舞蹈
柳条在舞蹈的风中妖娆
风中还有一群无聊的狗
在嘈杂的马路上自得其乐
这些早已丧失了狗性的狗
每晚在我的窗外互相撕咬

我在透明的玻璃窗内
沏好一杯清茶想起一条黑狗
一条为我看家护院
为我守梦的狗

我不止一次地想起它，写到它
它让我孤独也为我排解孤独
一条眼里只有黑白的狗
一条眼里黑白分明的狗
一条坚守着狗性的狗

子 夜

那一秒，所有的星星都睡了

月亮在云层里，孤独地行走

夜风又吹灭了几家灯火

我多希望远处的树

在太阳升起时都绿着

我已习惯了看他们

在空中竞争阳光

在阳光照不到的地下争夺水分

看那些强者越来越强

看那些弱者慢慢枯萎

那些瘦骨嶙峋

却不甘灭亡的

往往比那些被砍伐的强者

和早死的弱者更让我心痛

蒲公英

也许，会有一朵花
在你之前
经过我的坟头
我多希望
那是一株蒲公英

让它带我走走
我来不及涉足的地方
顺便把我对人间的爱
布满荒凉的大地

制瓦者

水溶于土或者土融于水

水与土和成的泥

经制瓦者的手

落脚于屋顶之上

那是下雨的日子

是制瓦者的日子

屋檐下有多少肉体

就有多少制瓦者的荣耀

直到村里的屋顶变成血的颜色

制瓦者的手被悬于机瓦厂的空中

多年没有点火的瓦窑

四周堆起被拆下的瓦砾

蓝色的火焰上沾满原始的土与水

制瓦者每天都去敲打

从每一块瓦砾中敲出火

敲出水，留下土

供自己熟睡

沿着黄河

应该在渤海湾驻足

看一看汹涌混沌的黄河

在静如蓝天的大海里渐渐平静澄澈

而后远行。沿着黄河逆向徒步

从平原到高原。古老的河

越走越艰险越来越清澈

仿佛翻阅着一页页史册

从自由平等到原始部落

中间经历了漫长的压迫和奴役

巴颜喀拉山脉静谧如海

天在伸手可触的蔚蓝之中

而我却不敢高声

怕自己不小心读出那些甲骨上的卜辞

车过须弥山

驻足。于大地的伤口处
弥勒慈祥地注视着
于历史的深处缓缓蠕动的水
在石门关前打了个结

向西是隐于深山的沙沟
十月的大地褪去青春的浮躁
为了迎接一场必然的雪降
万物在清晨的严霜中
悄悄脱下缤纷的衣裳

石门以西连绵的黄土山峦
沉默。为了一场纯洁的爱恋
万物已做好了神圣的准备

伐　树

那时候伐树不像现在
大半天时间一片树林就没了
那时候的人
伐树得提前三天
备好红纸请村里的先生写上
"用木伐树，树神早离"

那时候的草木都有神的保护
人心中的万物都有灵性

那时候伐一棵树
像在送别一位故人

盆 松

你本是大地之骄子
在六盘山之巅
迎风挺雪，傲视苍穹

而我却将你移植家中
在群花的中央
我们相视无语
听窗外春雨缠绵
我改写了你的历史
谁主宰着我的人生

防护林

父亲牵着幼小的我
检阅着林带两侧的庄稼
我数着夹道欢迎我们的两排榆树
我们有时迎着朝阳
有时背着晚霞
有时却是踩着一路斑驳的月光

我曾把树叶上的露珠含在嘴里
曾在夏日的正午以树冠为伞
亦曾在温柔的月光下呼吸五谷的花香
我们不曾走到绿色的尽头
在我幼小的心灵里防护林没有尽头

如今，我多想领着儿子
择一个夏日的黄昏在树林里走走
我要郑重告诉他，我已辞世的农民父亲
和父亲告诉我的那些庄稼的名字
还有那条我心中的防护林

蚂　蚁

人间多雨。蚂蚁们忙于搬家
由低至高，周而复始

它们不知道，矮矮的城墙
无法抵御密密的雨滴
不知道泰山之巅亦有洪流
不知道一生
等不及一片树叶变黄

仿佛我——
一个喜欢看蚂蚁搬家的人
不知道一场雨到另一场雨
历经了几个王朝

树

该褪去多少茬叶子才能度过一个个冬天
该割舍多少的枝条才能让自己腰杆笔直
该在暗黑的土里扎多少的根
才能防止不被一场随性的风连根拔起

又是一个冬天，记忆里的西北风
不时刮过
年轻的小镇和一所略显陈旧的小屋
没有温度的阳光主宰着
一棵树留在地上的影子

榆　树

干旱的黄土高原上
榆树是极为常见的绿色
它们或三五成行或扎堆成林
或者在某个山坳里孤立一株
不比那些名贵的树种
没有人刻意栽植它们
也不用操心修剪

这些落地生根自由生长的生命
如果一颗榆钱不是被风吹在庄稼地里
如果这棵幼苗恰好没被牲畜糟蹋
如果它在幼年时侥幸躲过了柴火的命运
它们就会在人的不经意中迅速成材

那些悄悄成材的榆树啊
一株株，一排排，一片片
或被运到煤矿做了矿柱
默默地为井下的人们撑起生命的蓝天

或被做成案板，承受着

五谷菜蔬的眼泪和一些生命的鲜血

这些卑微的榆树啊

干旱曾无奈于它们的根深

狂风亦畏惧于它们的坚韧

父亲的松树

给家里栽一棵松树
是父亲一生的梦想
他拉来砂石揉进黄土
他将意外所得的松树苗
小心埋进他特制的土地

在西海固的农家小院
父亲看着他的松树
一天天长大
自己却在松树成为栋梁之前
不经意地老去

那些成群的柳树不知道
高过院墙的松树
究竟有多孤独

灯

父亲将所剩不多的煤油洒在了地上
剪灯芯的母亲凝神屏气
像剪着自己的日子

那盏早已熄灭的灯
在我的梦里
一直亮着

深夜碎语（代后记）

一

十年，我拒绝读书

我无法换算丢失的知识与所获得的经验是否等价

我们的痛苦不在于是否活得有尊严

也不在于社会是否公平

更不在于世界是否安宁

我们的痛苦其实质在于如何才能活着

而不知道还能活多久加深了这种痛苦的感受

二

我常常看着一群植物

高的越长越高

小的被越挤越小

而我们常常选择那些强者加以呵护

在羞愧于我们自私的同时

我会被那些坚持活着的弱者刺伤

三

看一群蚂蚁奔忙于雷雨之前的情形
往往比读诗更让我动情
多么伟大的诗行里，我都能找到
人类虚伪的痕迹
这让我感到彻骨的寒冷——
翻开人类奋斗的历史
我惊奇地发现我们用于跟同类斗争的时间
远大于跟大自然搏斗的时间

四

如果人类还有必要进化
那必然是思考如何容纳我们自己
否则我们必然会被我们所生产的机器消灭
（如果我们不够善良
我们所生产的智能必将我们的邪恶
返还于我们）

时间于我们如此紧迫——
如果在机器人遍行天下之前
我们无法消灭我们自身的邪恶
我们必将被我们自身的邪恶所消灭

五

我的思考是毫无意义的
我不会比一粒沙重
也不会比一滴水清
我的思考只是我们自身罪恶的证据
而这些证据必将是一粒沙，一滴水所不可原谅的